AF470079

494 | Chambre des Commissaires-Priseurs
Envoi à la Bibliothèque Nationale.

1898. Octobre 29

VENTE DU MARDI 25 OCTOBRE 1898

HOTEL DROUOT, SALLE N° 8.

ESTAMPES

ANCIENNES ET MODERNES

de toutes les Écoles.

PORTRAITS, CARICATURES, VUES

DESSINS

GRAVURES EN LOTS

Provenant de **MM. L.** et **TH.,** artistes peintres.

1898

Me MAURICE DELESTRE
COMMISSAIRE-PRISEUR
5, Rue Saint-Georges, 5

M. PAUL ROBLIN
MARCHAND D'ESTAMPES
65, Rue Saint-Lazare, 65

CATALOGUE
D'ESTAMPES

ANCIENNES ET MODERNES

DE TOUTES LES ÉCOLES

Portraits, Caricatures, Vues
VIGNETTES, DESSINS
GRAVURES EN LOTS

Provenant de **MM. L.** et **TH.**, artistes peintres.

DONT LA VENTE AUX ENCHÈRES PUBLIQUES AURA LIEU

HOTEL des COMMISSAIRES-PRISEURS, RUE DROUOT, N°9

Salle n° 8

Le MARDI 25 OCTOBRE 1898

à deux heures précises.

Par le ministère de Me **MAURICE DELESTRE**, commissaire-priseur
Rue Saint-Georges, n° 5.

Assisté de **M. PAUL ROBLIN**, marchand d'Estampes, Rue Saint-Lazare, n° 65.

Paris — 1898.

CONDITIONS DE LA VENTE

La vente sera faite au comptant.

Les acquéreurs paieront *cinq pour cent* en sus des enchères.

M. Paul ROBLIN, chargé de la vente, se réserve la faculté de rassembler ou de diviser les lots.

DÉSIGNATION

ESTAMPES

AFFICHES ILLUSTRÉES

1 — Cabourg, par Privat-Livemont, 1896.

ALIX (P. M.)

2 — *Charlotte Corday* (Marie-Anne). Belle épreuve en couleur, marges.

3 — *Fénelon*. Ovale in-4 à la manière noire. Très belle épreuve avant toutes lettres, marges.

4 — *Lepelletier* (Michel). — *Linné* (Charles). — *Pie VII*, pape. Trois portraits en couleur, marges.

ANONYME

5 — Un flagrant délit, composition de forme ovale, épreuve avant toute lettre, avec remarque dans la marge.

AUDOUIN (P.).

6 — *Angoulème* (Duc et Duchesse d'). — *Charles X*. — *Henri IV*. — *Louis XVIII*. — *Moreau* (Le Général). Six portraits in-folio. Très belles épreuves.

BALECHOU (J.).

7 — Portrait d'un prélat, vu à mi-corps, coiffé d'une calotte et tenant de la main gauche, sa barrette qu'il appuie contre sa poitrine. Très belle épreuve avant la lettre et avec le cartouche en blanc. Grandes marges.

BALECHOU, BEAUMONT, DAULLÉ

8 — *Laneau* (Don René). — *Anguier* (Michel), sculpteur. — *Don Philippe*, Infant d'Espagne. — *Nestier* (M. de), écuyer. Quatre portraits in-folio.

BALLONS (Pièces sur les)

9 — *Bourguet* (Le Professeur). — *Charles.* — *Montgolfier* (les frères). Trois portraits in-8 et in-4. Belles épreuves, une est avant la lettre.

10 — Expérience du globe aérostique de MM. Charles et Robert faite dans le Jardin des Tuileries, sur le bassin en face du château, le 1er décembre 1783. — Mgr le Duc de Chartres et Mr le Duc de Duras, signent le procès-verbal qui constate l'arrivée de MM. Charles et Robert dans la prairie de Nesles près d'Hédouville. Deux pièces à l'eau-forte faisant pendants, gravées par A. Sergent. Belles épreuves, marges.

BARBIÉ (J.)

11 — *Chevert* (F. de), d'après Hischbein. In-8. Deux épreuves dont une avant la légende.

BARTOLOZZI (Fr.)

12 — *Corilla.* In-8 orné d'après Piattoli. Très belle épreuve.

13 — *Van der Noot* (H. Ch. Nic.). In-4, d'après P. de Glim. Très belle épreuve, imprimée en bistre, à toutes marges.

14 — Alcander and Nerina. — History. — Hope. Trois pièces ovales d'après Cipriani. Belles épreuves, grandes marges, deux sont en bistre.

15 — L'Amour et la Raison. — L'Amour et Psyché. — Un Ange. — The fagots Binders. — Clytie. Cinq pièces. Belles épreuves.

BARYE

16 — Étude de tigre. Belle épreuve.

BASAN (F.)

17 — *Van-Loo* (Mlle) d'après Carle Van-Loo. Belle épreuve.

BASAN, BOULANGER, CROISIER

18 — *Lemenu de Saint Philibert* (Ch.). — *Laigneau* (David) médecin. — *Fauchet* (Claude) évêque de Calvados. Trois portraits in-4. Belles épreuves.

BAUDOUIN (d'après P. A.)

19 — Le Catéchisme. — Le Confessionnal. Deux pièces faisant pendants, gravées par P. E. Moitte (12 et 15). Belles épreuves.

20 — Le Curieux, petit in-4 gravé en bistre, par Metz. Belle épreuve. Rare.

BEAUVARLET (J.)

21 — La Confidence. — La Sultane, (portrait de Mme la marquise de Pompadour). Deux pièces faisant pendants d'après C. Vanloo. Belles épreuves.

22 — Conversation Espagnole, d'après C. Vanloo. Très belle épreuve, avant la lettre. Petites marges.

BLAISOT (à Paris chez la Vve)

23 — Le mal-adroit. Belle épreuve imprimée en couleur, marges.

BONNET (L. M.)

24 — *Catherine II.* Composition allégorique. Belle épreuve à la sanguine.

25 — *Louis XV*, Roi de France, in-folio. Belle épreuve à la sanguine.

26 — Les Après du Bain d'après J.-B. Huet. Belle épreuve en couleur. Marges.

27 — Jupiter et Danaé, d'après Fr. Boucher. Très belle épreuve aux crayons de couleur. Marges.

28 — Tête de femme de profil à droite d'après Fr. Boucher. Belle épreuve aux crayons de couleur. Marges.

29 — Vénus aiguise ses traits. — Vénus tenant le symbole de l'amour. Deux pièces faisant pendants, d'après Fr. Boucher. Belles épreuves en couleur. Marges.

30 — Vénus couchée sur un lit de repos, d'après Boucher. Très belle épreuve aux trois crayons, sans marges.

BONNET (à Paris chez)

31 — A Nimph a Sleep, gravé en couleur par Bettellini. Belle épreuve, marges.

CANOT, LE MOYNE (d'après)

32 — Le maître de danse, par Le Bas. — *Mortels fuyez loin de ces lieux....* par L. Cars. Deux pièces. Belles épreuves.

CARICATURES ANGLAISES

33 — Parmasan Cheese. — A Young Poodle. — Decency? — Scènes militaires. Cinq pièces coloriées.

34 — The City address. — Pastoral. — Kissing Hands. — Marché d'esclaves. Quatre pièces coloriées.

CATHELIN

35 — *Pompadour* (Mme la Marquise de). In-4, d'après Nattier. Belle épreuve.

CAZENAVE

36 — Vénus et l'Amour endormie. — Le Réveil de Vénus et l'Amour. Deux pièces faisant pendants, d'après Regnault et Cazenave. Belles épreuves en couleur. Marges.

CHARDIN, LE BARBIER, QUEVERDO (d'après)

37 — Le Négligé, ou la Toilette du Matin. — Le mari dupe et content. — Les Aveux sincères, ou les accords du Mariage. — La Toilette de la Mariée, ou le jour désiré. Quatre pièces.

CHENU

38 — *Favart* (Mme), d'après Garand. In-8. Epreuve à toutes marges.

CHOFFARD (P. P.)

39 — Cahier de fleurs, d'après Bachelier. Six pièces. Belles épreuves.

40 — Deux fleurons de titres, pour les œuvres de J.-J. Rousseau. Edition de Londres, 1774. Belles épreuves en tirages à part, une pièce est à l'eau-forte pure.

41 — Fleurons et en-têtes pour les métamorphoses d'Ovide, les Contes de Lafontaine, les Œuvres de J.-J. Rousseau, etc. Quinze pièces en tirages à part.

COCHIN LE FILS (C. N.)

42 — *Mlle Gaussin* dans l'Oracle. Charmante vignette tête
de page en tirage hors texte, rare.

COCHIN LE FILS (d'après C. N.)

43 — *Aubert* (L'abbé). — *Cars* (L.). — *Clairault.* — *Cochin
le fils* (C. N.). — *Coustou* (G.). — *Montholon* (N. de).
Sept portraits in-4. Belles épreuves.

44 — *Favart* (Mme), actrice ; in-8 par Flipart. Trois épreuves
en différents états, dont un à l'eau-forte pure.

45 — *Turenne* (M. le prince de) ; in-4. Deux épreuves, dont
une à l'eau'forte pure, marges.

46 — L'Enfance. — L'Adolescence. — L'Age viril. — La
Vieillesse. Suite de quatre pièces, par Beauvais, Cochin,
Dubos et Schmidt. Belles épreuves, marges.

COSTUMES

47 — Pantin et Pantine. Deux pièces destinées à être décou-
pées et assemblées, épreuves en feuilles, rare.

COYPEL (d'après Ch.)

48 — La matrone d'Ephèse, par Desplaces. Belle épreuve.

DAMAME DEMARTRAIT (M. F.)

49 — Vues de Russie, suite de huit pièces in-folio coloriées.
Belles épreuves à toutes marges.

DANSE (Pièces sur la)

50 — M. et Mme Vigano. Tableau du premier pas de deux,
représenté au théâtre de la Cour Imp. de Vienne le 13 may
1793. Belle épreuve imprimée en bistre.

DEBUCOURT (P. L.)

51 — *Louis XVIII*, d'après Béra. Belle épreuve, marges.

52 — La Coquette et ses filles, ou une mère à la mode. Belle
épreuve, grandes marges.

53 — Le modèle à barbe. — Officiers prussiens. Deux pièces
d'après C. Vernet. Belles épreuves en couleur et en bistre.
Marges.

DECAMPS (A. G.)

54 — Le Savoyard et le Singe (H. B. 8). — Le petit Savoyard.
— Patrouille à Smyrne (H). — Les Mendiants (14). —
Une rencontre (15). — Le Singe et la tortue (16). —
Sujets de chasses (25-33). Onze lithographies.

DELACROIX (Eug.)

55 — Tigre couché. In-8 en larg. (M. 9.— R. 314). Très belle
épreuve à toute marge.

DEMARTEAU (G.)

56 — Enfant tourné à droite tenant un crayon (19). — Groupe
de têtes (27). — Tête de femme (34). Trois pièces à la
sanguine d'après Boucher. Belles épreuves.

57 — Hercule et Omphale, d'après Fr. Boucher (578). Belle
épreuve aux deux crayons.

58 — *Vanloo* (Carle). — Le géomètre, d'après Le Prince (539).
Deux pièces à la sanguine.

DENON (Vivant)

59 — *Cattellini* (Les sœurs), d'après Novelli. In-8. Belle
épreuve.

DESNOYERS (Aug. B.)

60 — *Talleyrand-Périgord* (Charles, Maurice de), in-folio,
d'après Fr. Gérard. Belle épreuve avec le cachet de Ptolé-
mée. Marges.

61 — La Vierge au donataire, d'après Raphaël. Belle épreuve,
marges.

DESRAIS (d'après C. L.)

62 — Le maître Galant, par Berthet. Belle épreuve.

DEVAUX

63 — *La Ruette* (M. Th. de Villette, Femme), actrice, in-4
en pied, d'après Simonet. Belle épreuve.

64 — *Préville* (Mme), actrice. Rôle de l'Écossaise, in-4 en
pied. Superbe épreuve d'artiste avant toutes lettres. Rare.

DICKINSON (W.)

65 -- Roman Charity, d'après Wan-der-werff. Belle épreuve
à la manière noire. Marges.

DIVERS

66 — *Paoli* (Pascal), général des Corses. Cinq portraits différents in-8 et in-4. Belles épreuves.

67 — *Estaing* (Cte d'). — *Francklin* (Benj.). — *Garrick* (D.).
Keppel (Admiral). — *Lee* (Charles). — *Smith* (Adam).
— *Washington*, etc. Vingt portraits in-8 et in-4.

DONAS

68 -- *Charles IV*, Roi d'Espagne et sa famille. In-folio. Belle
épreuve.

DORGEZ

69 — Passage de S. M. Louis dix-huit sur le Pont-Neuf le 3
Mai 1814, d'après Venant et Michallon. Belle épreuve
coloriée, marges.

DREVET (P.)

70 — *Bossuet* (J. B.). In-folio en pied, d'après H. Rigaud.
Belle épreuve avec deux points. Marges.

71 — *Gouvay* (P. Nol.). — *Delamet* (Léon). — *Toulouse*
(Cte de), etc. Quatre portraits in-folio.

72 — *Dombes* (L. Aug. Prince de), d'après de Troy. — *Le
Blanc* (Claude), ministre, d'après Le Prieur. Deux portraits. Belles épreuves.

73 — *Louis*, dauphin de France. — *Orléans* (Louis, duc d').
— *Poilly* (Fr.), graveur ; trois portraits in-4 et in-folio.
Belles épreuves, une est avant la lettre.

EDELINCK (G. et Nic.)

74 — *Ferdinand.* (Prince), évêque de Paderborn ; épreuve
du 1er état. — *Furetière* (Ant.). — *Hozier* (Ch. d'). —
Malebranche (Nic.). — *Morinière* (Nic. Le Fort de La).
Cinq portraits in-4 et in-folio.

EDELINCK, LANDRY

75 — *Werguignœul* (le vray portrait de R. Dame Fl. de),
1re abbesse de St-Benoist en la ville de Douai. —
Louis XIV. — *Marie-Thérèse.* Trois portraits in-8 ; très
belles épreuves.

EISEN (d'après Ch.)

76 — L'Eté. — L'Automne. — Les amusements champêtres.
— Les plaisirs champêtres. Quatre pièces gravées par de
Longueil. Belles épreuves.

ESNAULT ET RAPILLY (à Paris, chez)

77 — *Beaumarchais.* — *Dorat.* — *Fréron.* Trois portraits
in-4 Très belles épreuves avant les nᵒˢ.

78 — *Du Barry* (la comtesse). — *Lescot* (Mlle). — *Linguet.*
— *Louis XV.* — *Marie Leckzinska.*— *Vernet,* etc. Onze
portraits in-4. Belles épreuves.

79 — *Eon de Beaumont* (le chevalier d'). — *Lescot* (Mlle),
actrice. Trois portraits in-4. Belles épreuves.

80 — *Louise-Marie de France* (Mme), — *Marmontel.* —
Maupeou (de). — *Necker.* - *Provence* (Comtesse de). —
Voisenon, etc. Dix portraits in-4 Belles épreuves.

EX-LIBRIS

81 — Ex-libris de P. H. Souchay, par J.-J. de Boissieu, 1er
état. — Fleuron aux armes, par Bartolozzi. Deux pièces.
Belles épreuves.

82 — Ex-libris attribué à P.-P. Choffard. Deux pièces avec
différences gravées sur la même planche. Superbe épreuve ;
marges.

FESSARD (Mathieu)

83 — *Saint Genest* (Claude Rozet), né à Bourges. Amateur,
in-8, cadre orné. Belle épreuve.

FLIPART (J.-J.)

84 — Frontispice allégorique pour la Fête publique donnée
par la ville de Paris à l'occasion du mariage de Monseigneur le Dauphin, le 13 février 1747, avec Marie Josèphe
de Saxe. In-folio d'après M. A. Slodtz. Belle épreuve.

FLIPART (J.-J.) — INGOUF.

85 — *Greuze* (J.-B.), peintre. — *Wille* (J.-G.), graveur.
Deux portraits in-4. Très belles épreuves.

FRAGONARD (Honoré)

86 — Nymphe, enfants et satyres ; eau-forte de la série des
quatre bacchanales. Très belle épreuve.

FRAGONARD (d'après H.)

87 — Le verre d'eau. Épreuve à l'eau-forte du 1er état, avec
la remarque, rare.

88 — Figures in-4° pour les contes de Lafontaine. Éd. Didot,
1795. Quatorze pièces, une est avant les numéros.

GRAVURES EN LOTS

89 — Sous ce numéro, il sera vendu environ trois mille
estampes, portraits, ornements, vues, vignettes, dessins,
etc., de toutes les écoles.

GREUZE (d'après J.-B.)

90 — La Vertu chancelante, par Massard. Belle épreuve à
l'eau-forte pure ; marges.

91 — La Mélancolie, par Mme Massard. Belle épreuve à la
sanguine, rare.

GUÉLARD

92 — Le bureau tipographique ou la Bibliothèque des enfants,
à l'usage de Monseigneur le Dauphin et de Messeigneurs
les Enfants de France. 1732. Belle épreuve, rare.

GUYOT

93 — Médaillons pour Paul et Virginie. — Vue des Collèges à
Venise. Quatre pièces en noir et en couleur.

HUET (d'après J.-B.)

94 — Ce qui est bon à prendre est bon à garder, par Chapon-
nier. Belle épreuve avant la lettre ; marges.

INGOUF (P. C.)

95 — *Le Bas* (J. Ph.), graveur. Médaillon in-4. Belle épreuve
avec la lettre grise ; marges, rare.

INGRES (d'après)

96 — *Norvins* (M. de). — *Leclère* (A.). Deux portraits in-4.

JAGER (J. G.)

97 — *Paul Petrowitz* et son épouse gravé d'après une médaille, in-18. Belle épreuve.

JANINET

98 — *Henri IV*, in-4 en couleur. Belle épreuve avant toutes lettres.

99 — Offrande à l'Amour d'après Lagrenée le jeune. Epreuve ancienne imprimée en couleur. Marges.

100 — Vénus sur les eaux d'après Charlier. — Tête de femme vue de profil. — Amour couché Trois pièces en couleur.

JANINET (d'après)

101 — *Du T...* (Mademoiselle), ovale in-4 gravé à l'eau-forte d'après l'estampe en couleur. Epreuve à toutes marges.

JEAN (à Paris chez)

102 — L'adolescence de Paul et Virginie. — Le Triomphe de la vertu. Deux pièces ovales imprimées en couleur, à toutes marges.

LASNE (M.)

103 — *Bassompierre* (F. de). Maréchal de France, in-folio. Très belle épreuve, rare.

LASNE (M.), LOIR

104 — *Condé* (Louis II de Bourbon, Pce de). — *Mabillon*. Deux portraits. Belles épreuves.

LAUGIER

105 — *Scarron* (Mme) d'après Petitot, 1816, in-8. Belle épreuve à toutes marges.

LE BARBIER (d'après)

106 — Adam et Eve. — L'Age d'or, etc. Suite de quatre pièces gravées en couleur par Léveillé. Belles épreuves.

LE BEAU

107 — *Du Barry* (Mme la Ctesse) d'après Marilly. Belle épreuve,

LEBÈGUE (L.)

108 — *Luna et Stella*. Épreuve sur papier du Japon, avec deux croquis sur les marges.

LEGENISEL (A.)

109 — *Dumas fils* (Alex.), in-8. Belle épreuve avant la lettre, sur papier de chine.

LE VASSEUR (J. Ch.)

110 — *Luynes* (Paul d'Albret, cardinal de), in-8. Belle épreuve coloriée, marges.

LIGNON (F.)

111 — *Angoulême* (Duchesse d'). — *Louis-Philippe*. — *Mars* (Mlle). Trois portraits in-folio. Belles épreuves.

LINGÉE (C. L.)

112 — *Le Tourneur*, in-4, d'après Pujos. Belle épreuve, avant la lettre, marges.

LINGÉE, LONGUEIL (de), PRUNEAU

113 — *Le Tourneur*. — *Fontanieu* (de). — *Le Vasseur* (Rosalie), actrice. Trois portraits in-4. Belles épreuves, une est avant la lettre.

LOMBART (P.)

114 — *Davisson* (Guil.), médecin du roi de Pologne, in-4. Très belle épreuve.

MASSARD (Jean)

115 — *Livry* (Nicolas de), abbé de Callinique, gr. in-4. Très belle épreuve avant toutes lettres, marges.

MASSARD (J.-B. R. U.)

116 — La Vierge et l'enfant Jésus. Superbe épreuve avant toute lettre, seulement le nom de *Massard invenit del*, sous le fleuron de dédicace. Marges.

MATHEUS

117 — *Gournay* (Mlle de), fille adoptive de Montaigne, in-8.
Rare.

MERCURY (P.)

118 — *Maintenon* (Françoise d'Aubigné, Mme de), in-8,
d'après Petitot. Deux épreuves dont une avant toute
lettre et avant l'encadrement orné, marges, rare.

MIGER (S. C.)

119 — *Bailly*, maire de Paris. — *Lioncy* (J. Fr.), de Mar-
seille. — *Pombal* (Le Mis de). — *Visinier* (Gén. Elis.),
Veuve de J. B. Réné le Long. Quatre portraits in-8 et in-4.
Belles épreuves.

MONNET (d'après Ch.)

120 — Les Nymphes poursuivies, par G. Vidal. Belle épreuve
avant la lettre, et avec la remarque. Marges.

MONNIER (Henry)

121 — Récréations. — Les Contrastes, sujets tirés de la
Silhouette et de la *Caricature*. Dix-sept pièces coloriées.

MOREAU LE JEUNE (d'après J. M.)

122 — La découverte du Nouveau Monde. Vignette in-4 pour
les Œuvres de J.-J. Rousseau, éd. de 1774. Rare épreuve à
l'état d'eau-forte pure, gravée par P. Duflos. Petites marges.

123 — Le premier baiser de l'Amour, par N. Le Mire. Deux
belles épreuves.

124 — L'Inoculation de l'Amour, par N. de Launay, 1777.
Superbe épreuve d'artiste avec légende gravée à la pointe.
Marges. Rare.

125 — Figures in-4 pour les Œuvres de J.-J. Rousseau, éd.
de Londres 1774. Vingt-huit pièces. Belles épreuves, la
plupart du 1er tirage sur papier fort.

MOREAU LE JEUNE (par ou d'après)

126 — Les précautions. — J'en accepte l'heureux présage.
Vignettes pour les chansons de Laborde, les saisons, etc.
Douze pièces in-8. Belles épreuves.

MORET

127 — *Assas* (Louis d'), Capitaine au Régiment d'Auvergne, d'après P. E. Gay de Brie. In-4 en couleur.

NANTEUIL (R.)

128 — *Auvry* (Cl.), Evêque de Coutances. — *Le Tellier* (Ch. M.), Archevêque de Reims. — *Le Tellier* (M.), Ministre d'Etat. — *La Vrillière* (L. Ph., duc de). Quatre portraits in-folio.

129 — *Christine*. Reine de Suède. — *Colbert* (J. B.). Baron de Seignelay. — *Jeannin* (P.). — *Le Coigneux* (J.). — *Longueville* (Henri d'Orléans, duc de).Cinq portraits in-4 et in-folio.

130 — *Mazarin* (Cardinal). — *Regnauldin* (Cl.). — *Retz* (J. Fr. Paule de Gondy, card. de).— *Sarrazin* (J. Fr.).— *Van Steenberghen* (J. B.). — *Voiture*, etc. Huit portraits in-4 et in-folio.

NANTEUIL, ROMANET, VAN SCHUPPEN

131 — *Guébriant* (J. B. Budes, comte de). — *Clugny* (J. Et. B. de), maître des requêtes. — *Mercier* (P.), général de tous les ordres de la Sainte-Trinité. Trois portraits in-fol. Belles épreuves.

NAPOLÉON (Pièces sur)

132 — **Aubert.** *Napoléon* Ier sous l'emblème du Soleil, d'après Dubos. Belle épreuve avant la lettre.

133 — **Audouin** (P.). *Bonaparte*, 1er Consul, d'après Bouillon. Au bas, sujet représentant la bataille de Marengo, eau-forte par Duplessis-Bertaux. Deux épreuves en états différents.

134 — **Audouin** (P.). *Napoléon*, Empereur des Français, d'après Ch. de Chatillon. Au bas, la bataille d'Austerlitz. Très belle épreuve.

135 — **Calamatta.** *Napoleone*, dessiné et gravé d'après le plâtre original moulé à Ste-Hélène par le docteur Antommarchi. Epreuve sur papier de Chine.

136 — **Coqueret.** *Bonaparte*, 1er Consul, d'après Fragonard fils. Gravure à la manière noire. Belle épreuve.

137 — **Levachez.** *Bonaparte*, 1er Consul. Au bas, la bataille de Marengo. Très belle épreuve.

138 — **Louvion** (J. B.). A la gloire immortelle de Bonaparte. Belle épreuve.

139 — **Massard fils** (J.-B. L.). La Renommée annonce le retour du Héros dont la victoire nous ramène la Paix, d'après J. Point. Belle épreuve.

140 — **Momal.** *Bonaparte*, 1er Consul, d'après Isabey. Belle épreuve.

141 — **Morette.** Diogène éteignant sa lanterne, gravure à la manière noire d'après Godar. Très belle épreuve.

142 — **Vérité.** *Bonaparte*, 1er consul. Belle épreuve.

143 — Portraits de Napoléon et de sa famille. Soixante-quinze pièces (plusieurs lots).

NOTTÉ (d'après)

144 — M. Damade Beller entre ses deux défenseurs (M. Target et M. Elie de Beaumont). Estampe in-folio gravée par Godefroy. Belle épreuve.

ORLÉANS (Ferd. Philippe duc d')

145 — Gulliver, 1830. (H. B. 13). Très belle épreuve sur papier de chine à toutes marges, rare.

PICOT (V. M.)

146 — Les plaisirs de l'Eté, d'après L. Watteau. Belle épreuve.

PITAU (N.)

147 — *Colbert* (Nic.), évêque d'Auxerre. — *Voysin* (**N.**), prévost des marchands de Paris, etc. Trois portraits in-folio.

QUEVERDO (d'après)

148 — *Charlotte Corday* (Marie-Anne), in-8, avec sujet au bas, représentant la scène de l'assassinat, gravé par Massol. Très belle épreuve imprimée en couleur, à toutes marges.

RADOS (Luigi)

149 — *Appiani* (Andréa), peintre, in-folio, d'après Melini.

RAJON

150 — Portraits divers. Vingt-cinq pièces, épreuves d'artiste.

RÉVOLUTION (Pièces sur la)

151 — *Brissot. — Duval d'Epremesnil. — Guadet. — Lavoisier. — Marat. — Mirabeau. — Pichegru. — Théroigne de Méricourt. — Villette*, etc. Dix-sept portraits in-8 et in-4, la plupart gravés à la manière noire par Alix, Levachez, Copia et autres. Belles épreuves.

152 — *La Tour* (Mlle de). - *De Bette d'Etienville. — Retaut de Villette. — Cagliostro. — Comtesse de Cagliostro. — Rohan* (Card. de). — *De Fages*, etc. Dix portraits in-8 et in-4 pour le procès du Collier. Très belles épreuves.

153 — Députés, Généraux, Ministres, etc., environ cinquante portraits in-8 par Fiesinger, Vérité, Bonneville et autres. Belles épreuves.

154 — Journée du 25 juin 1791. Le Roi arrivant de Varennes à Paris. Vue prise sur la place Louis XV. Très belle épreuve à la manière noire, dessinée et gravée par P. F. Germain Langevin ; marges.

155 — Suite de seize figures in-12, gravées par Couché. Belles épreuves avant la lettre, à toutes marges.

RICHOMME

156 — Adam et Eve, d'après Raphaël. Belle épreuve, marges.

ROY, SERGENT

157 — *Corvisart* (N.), médecin, d'après Gérard. — *Guillaumie* (M. de la), Intendant de l'Isle de Corse, etc. Deux portraits gravés à la manière de lavis, in-4. Belles épreuves.

RYDER

158 — *Herschel* (G.), in-8 en bistre, d'après Abbott. Très belle épreuve à toutes marges.

RYLAND (W. W.)

159 — Domestick Employment. Belle épreuve en couleur, remmargée.

SAINT-AUBIN (Aug. de)

160 — *Chevreuse* (Monseigneur le duc de). Gouverneur de Paris, in-4 en pied, d'après Carmontelle (E. B. 43). Belle épreuve avant la lettre du 2e état.

161 — *Cochin* (C. N.), dessinateur et graveur, in-4 (E. B. 47). Deux épreuves, dont une à l'eau-forte pure, marges.

162 — Inauguration de la statue de Louis XV, d'après Gravelot. — Médaille allégorique sur le mariage de Marie-Antoinette. — *Buffon.* — *Linguet.* Quatre pièces. Belles épreuves, deux sont avant la lettre.

SAINT-AUBIN (d'après Aug. de)

163 — L'Heureux ménage. — L'Heureuse mère. — La Sollicitude maternelle. — La Tendresse maternelle. Suite de quatre pièces en couleur par Sergent, Moret et Phelippaux ; marges.

164 — La marchande de châtaignes, par le Ch^{er} de P. Très belle épreuve, marges.

165 — Tableau des portraits à la mode, par P. F. Courtois. Belle épreuve, petites marges.

SANDRART (S. M. J.)

166 — *Patin* (Gabrielle-Caroline), fille de Charles Patin. Ovale in-4 dans un entourage calligraphique, rare.

SCHEFFER (Ary)

167 — Morton. Belle épreuve sur papier de Chine.

SCHENAU et WILLE Fils (d'après)

168 — L'Aventure fréquente. — Le temps perdu. Deux pièces faisant pendants, gravées par Halbou Belles épreuves à toutes marges.

SCHUPPEN (P. Van)

169 — *Braux* (Pierre Ignace de), Mis d'Anglure, d'après Beaubrun. — *Louis*, grand dauphin, d'après Fr. de Troy. Deux portraits in-folio.

SERGENT

170 — Vue du jardin du Palais-Royal. Très belle épreuve en couleur, remarquée.

SERGENT (d'après)

171 — *Dupleix* (J. Fr., Mis de). — *La Bourdonnais* (B. Fr. Mahé de). — *L'Etanduère* (H. Fr. des Herbiers, Mis de). Trois portraits in-4, gravés en couleur, à toutes marges.

172 — *Hennuyer* (Jean). Evêque de Lisieux. — *Matignon* (Jacques II, Goyon sir de).Deux portraits in-4, en couleur.

SINGLETON (d'après H.)

173 — Innocent captivation. — The rustic minstrel. Deux pièces faisant pendants, par A. Cardon.

SURUGUE, VANGELISTY, VERMEULEN

174 — *Boulongne le Père* (Louis de, peintre. — *Apchon* (Cl. M. Ant. d'), Archevêque d'Auch. — *Tassis* (Maria Luissa de), d'après Van Dyck, etc. Quatre portraits in-folio.

VALLÉE (à Paris chez)

175 — Demande inutile. Belle épreuve à la sanguine. Marges.

VERHELST (E.)

176 — *Elisabeth Auguste* Duchesse de Bavière. Ovale in-4, avec allégorie au bas. Belle épreuve.

VOYEZ LE JEUNE

177 — *Breteuil* (Duc de). — *Choiseul* (Duc de). Deux portraits in-folio d'après Rounieu. Belles épreuves, une est avant toute lettre.

WATSON (Caroline)

178 — *West* (Benj.), in-4 à la manière noire, d'après Gab. Stuart. Très belle épreuve.

WEST (d'après B.)

179 — Combat de la Hogue, par Voysard. Deux épreuves.

WILLE (J. G.)

180 — *Louis XV. — Saint Florentin* (Louis Phelypeaux Cte de). Deux portraits in-folio. Belles épreuves.

181 — L'instruction Paternelle, d'après Terburg. Très belle épreuve. Marges.

182 — La Liseuse. — La Tante de G. Dow. Deux pièces. Belles épreuves.

WOLLF l'aîné

183 — Les pommes de terre. Très belle épreuve en couleur. Marges.

DESSINS

184 — **Anonyme.** Le Prince de Lambesc aux Tuileries. Aquarelle rehaussée de gouache.

185 — **Anonyme.** Vendanges. A la plume.

186 — **Ballavoine** (J.). Canotiers abordant. A la plume. Signé.

187 — **Callot** (Jacques). Costumes de Gentilshommes. Deux dessins. A la plume.

188 — **Chodowiecky** (Daniel). Allégorie sur la Révolution Française. A l'encre de Chine. Signé et daté 1792.

189 — **Courboin** (Eug.). " Belle couleur!... .... Un Bouquet !... Hein Jacquotte ?... Heu !... Heu !... ". (Pressoir du XVIe siècle, à Argenteuil, rue Naveau, no 8). Crayon noir rehaussé d'aquarelle, signé.

190 — **Delafosse** (Jean-Charles). Fronton orné pour cadre. A la plume et au lavis d'encre de Chine.

191 — **Delafosse** (attribué à). Chapitaux et frises. Deux dessins à la plume lavé d'encre de Chine.

192 — **Duplessis** (attribué à). Motif pour plafond. — Urnes et vasques pour fontaines. Trois dessins. A la plume, lavé d'encre de Chine.

193 — **Ecole Française du XVIIe siècle.** Cadre orné in-
folio pour portrait d'un maréchal de France. A la plume
et au lavis d'encre de chine.

194 — **Ecole Française du XVIIIe siècle.** Projets d'urnes
et de vases funéraires. Quatre dessins sur trois feuilles. A
la plume, lavé de sépia et d'encre de chine.

195 — **Ecole Française du XVIIIe siècle.** Deux compo-
sitions pour Eventails. Vénus sur les eaux et les dieux de
l'Olympe. Aquarelles.

196 — **Ecole Italienne.** Etude d'Amours. — Etude de
trois femmes. Deux dessins. A la plume et au lavis.

197 — **Jeanniot.** Chasse au miroir. A la plume rehaussé de
gouache.

198 — **Jeanniot.** Un Bal bourgeois. A l'encre de chine.
Signé.

199 — **Jeanniot.** La petite ménagère. A l'encre de chine.
Signé.

200 — **Lafage.** Les Anges révoltés. A la plume et au lavis
d'encre de chine. (De la collection Foënols).

201 - **Lanfranc.** Etudes d'Anges. A la sanguine.

202 — **Lunel** (F.). Restaurant, au bord de la Seine. A l'encre
de chine, rehaussé de gouache. Signé.

203 — **Maratti** (Carlo). Etudes d'Amours. Aux crayons de
couleur.

204 — **Monnet** (Charles). Ex-libris, avec emblèmes de la
Justice. A l'encre de chine, a été gravé.

205 — **Monnet** (Charles). Mort du grand roi Sésostris. A la
plume, lavé de sépia.

206 — **Montader** (A.). Artistes apportant leurs tableaux au
palais de l'industrie. A la plume, lavé de sépia. Signé.

207 — **Moreau** (Adrien). Page 4. Et tout doucement suivie
à une certaine distance....
Page 13. Se contentant de nous offrir les fruits.
Page 43. Le coup partit et atteignit l'enfant.
Trois dessins pour illustration. A l'encre de chine. Signés.

208 — **Moreau le jeune** (J. M.). Fleurons avec les armes d'un cardinal et la devise : *Deo Juvante*. A la plume et au lavis de sépia.

209 — **Riou.** Cascade monumentale. A la plume. Signé.

210 — **Rivière** (E.). Jeune fille puisant de l'eau. Aquarelle. Signée.

211 — **Thiollet**. Composition in-folio ornée de figures et de scènes militaires pour Brevet. A l'encre de chine.

212 — **Thiollet**. Projets de monuments pour des Généraux du 1er Empire. A la plume et à l'aquarelle. Signés.

213 — **Toudouze** (L.). Jeune femme en pied, tenant une ombrelle. A la plume. Signé.

Grande Imprimerie du Centre. — Herbin, Montluçon.

www.ingramcontent.com/pod-product-compliance
Ingram Content Group UK Ltd.
Pitfield, Milton Keynes, MK11 3LW, UK
UKHW021319190726
13839UKWH00007B/2355